Kuriosika

Kurioses aus demAlltag

verrückte Ideen

Gedankenexperimente

und anderes

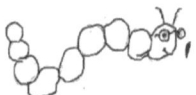

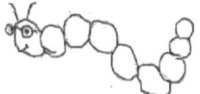

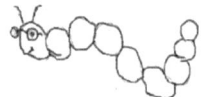

Inhaltsverzeichnis

Vergnügliches rund um den Alltag

Vergorene Theorien

(schwer verdaulich)

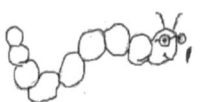 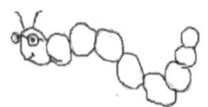

Sagen und Legenden

Haarsträubend verwurstelt

 4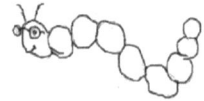

Einführung

In unserer turbulenten Welt sollte man sich mitunter eine Auszeit nehmen. Sei es auch nur gedanklich. Mit seinen Gedanken spielen. „Was wäre wenn" – Überlegungen zu lassen. Traumsequenzen nacherleben. Oder einen verrückten Gedanken mal weiterführen.

Vielleicht erstaunen Se dann selbst darüber, zu welchen Experimenten gedanklicher Art Sie fähig sind. Oder lassen Sie sich durch die Geschichten in diesem Buch dazu inspirieren.

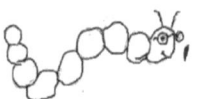 5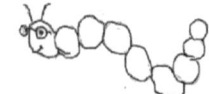

6

Vergnügliches rund um den Alltag

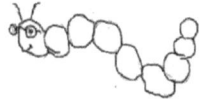

Frieda, die treue Kuh

Ich hab `ne Kuh, und die heißt Frieda
sie legt sich vor der Türe nieda
dort wacht sie an der Türe Schwelle
dass nicht der Wind hereinschlüpft schnelle.

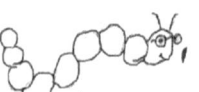
8
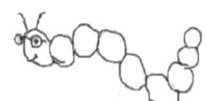

Freitag der 13.

Bisher war das für mich ein Tag wie jeder andere. Mein Rentnerleben plätscherte in ruhigen, geordneten Bahnen. Für jeden Tag machte ich mir einen Plan, den ich dann tagsüber nach und nach abarbeitete. Selbiges hatte ich mir eigentlich auch für jenen Freitag im Oktober vorgenommen. An diesem Tag war eine Fahrt nach Dresden geplant. Ich hatte eine offene Bestellung bei meinem türkischen Fleischer. Das mir wichtig und ich wollte sie unbedingt abholen. Tja, jeder hat halt so sein besonderes Leckerli, auch in puncto Fleisch. Mal abgesehen davon, das mein Dickkopf diese Tour keinesfalls verschieben wollte. Wer wird sich denn auch von einem Datum ins Boxhorn jagen lassen!

Ich wollte also wie gesagt nach Dresden. Um nicht zu spät wieder zu Hause zu sein, musste ich natürlich beizeiten los. Das ungewohnt zeitige Aufstehen fiel nicht leicht. Doch der Zweck heiligt die Mittel. Gut das

wenigstens der Zug durchgehend war. So konnte ich noch ein kleines Nickerchen machen. Am Neustädter Bahnhof stieg ich aus Ich wusste, dass ich von dort aus bis zur nächsten großen Kreuzung an der Leipziger Straße laufen musste. Sie hieß eigentlich Antonstraße/ Leipziger Straße. Da war an der Ecke früher mal ein Beate - Uhse-Laden. Das htte ich mir als Eselsbrücke gemerkt. Mit meinem Einkaufstrolli trottete ich los. Doch ich muss wohl noch nicht ganz munter gewesen sein, weil ich gleich an der fünfarmigen Kreuzung am Neustädter Bahnhof die verkehrte Straße erwischte . Das merkte ich aber erst, als plötzlich eine Seitenstraße nach links abzweigte, wo eigentlich keine Straße hätte sein sollen. Da ich aber schon die halbe Strecke meines notwendigen Fußmarsches hinter mir hatte, wollte ich auch nicht umkehren. Na gut, dachte ich bei mir, gehst du halt hier weiter und biegst dann eben rechts um die Ecke. Auch so kommst du ans Ziel. War zwar eine klein wenig längere Strecke,

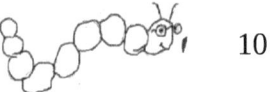 10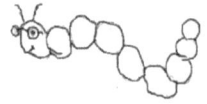

doch ich hatte ja Zeit. An der Straßenbahnhaltestelle angekommen, stimmte wieder etwas nicht. Schienenersatzverkehr wegen Bauarbeiten! Ok! Fahr ich eben Bus. Aber mit welchem? Hier hielten mehrere. Na, da frag ich doch einfach mal jemanden von den Leuten, die ebenfalls auf den Bus warteten. Doch so wirklich schienen die sich

auch nicht auszukennen. Waren wohl doch keine Einheimischen. Als der nächste Bus kam, fragte ich einfach den Busfahrer. Der sagte erst einmal gar nichts, tippte irgendwas auf seinem Streckencomputer herum und nickte dann. Das wertete ich als Zeichen das ich den richtigen Bus Richtung Alttrachau (wo ich nämlich hinwollte) erwischt hatte. Anfangs fuhr er ja auch in die richtige Richtung. Plötzlich aber bog er in eine gänzlich andere Richtung ab. Erschrocken lief ich nach vorn und stellte den Fahrer zur Rede. Doch er hatte wohl seine Zunge ver,schluckt. Deshalb fuhr ich bis zur Endhaltestelle mit.

 11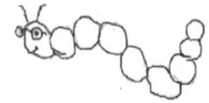

Und dann wieder zurück bis ich eine bekannte Haltestelle erblickte und ausstieg. An dieser stieg ich in den richtigen Bus um. Mir fiel ein Stein vom Herzen als schon eine Haltestelle weiter mein Fleischer auftauchte. Gut, dass wenigstens bei dem alles nach Wunsch klappte. Glücklich und mit einem voll beladenen Trolli machte ich mich auf den Rückweg zum Neustädter Bahnhof. Dieses Mal gleich im richtigen Bus!

Erst jetzt hatte ich Zeit über die bisherigen Wirrnisse nachzudenken. War alles nur passiert, weil ich Freitag den 13. in seiner besonderen Bedeutung ignoriert hatte? Ich hoffte nach diesem Denkzettel dem Datum genug gehuldigt zu haben. Schließlich lag jetzt nur noch die Rückfahrt vor mir. Und dieser Zug fuhr bis Hoyerswerda durch. So war jedenfalls der Plan. Doch ich hatte wohl das Pech gepachtet. Kurz hinter Dresden, genauer gesagt in Coswig war die Fahrt zu Ende. Fahrt. Es folgte eine Zugdurchsage. Alle Fahrgäste bitte aussteigen, dieser Zug endet

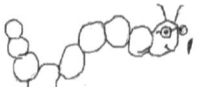 12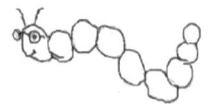

hier! Grund: Vollsperrung der Strecke wegen eines Notarzteinsatzes." Was nun? Es gab zwei Möglichkeiten. Entweder wartete ich für eine unbestimmte Zeit ob der Zug weiterfährt. Oder ich nahm die nächste S-Bahn zurück nach Dresden. Zähneknirschend entschied ich mich für Variante zwei. Dort hörte ich dann, das die Strecke bis auf unbestimmte Zeit für sämtliche Züge gesperrt ist. Mir blieb nur die Möglichkeit es über Kamenz zu versuchen. Doch auch auf dieser Strecke lief es nicht glatt. Der Zug der bis Kamenz fahren sollte, schaffte es nur bis Pulsnitz. Ab da Schienenersatzverkehr bis Kamenz. Uff! Doch was half`s. Ich musste in den sauren Apfel beißen. Dort stieg ich in den Linienbus, der mich dann endlich nach Hoyerswerda brachte. Völlig ko und mit mehr als drei Stunden Verspätung kam ich endlich zu Hause an.

Zwei Dinge habe ich mir nach dieser Fahrt vorgenommen:

13

1.Nicht immer mit dem Kopf durch die Wand wollen

2. Achte auf die Besonderheiten von bestimmten Daten.

Der Schneemann

Auf einer Wiese einst begann
die Mär vom grinsenden Schneemann.
Drei Kugeln hoch ganz dick und rund
da war der Schneemann noch gesund

Es kam des Nachts der Mondenschein
und wurde ihm zur großen Pein.
Denn mit ihm kam ein lauer Wind
und schmolz den Mann dahin geschwind

Zuerst war seine Nase schief
dann Wasser über die Augen lief.
Am Ende schwimmen Kohlestücke
dem Mund entrissen in der Pfütze

Besonders auf der einen Seite
da geht der Mund nun in die Breite
Vom Ende das der Anfang ist
bevor der Schneemann ganz zerfließt.

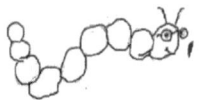 15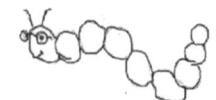

Begegnung am Morgen

Als ich noch Taxifahrerin war, passierten mir mitunter seltsame Dinge. So auch an jenem Montagmorgen. Ich hatte, wie schon oft, den Auftrag bekommen hörgeschädigte Kinder ins Internat nach Dresden zu fahren. Da ich alle gut kannte, freute ich mich auf die Tour. Insgesamt gehörten sechs Kinder zu dieser Runde. Sie wohnten in verschiedenen Orten rund um Hoyerswerda. Start war immer schon ab halb sechs, damit wir rechtzeitig vor Unterrichtsbeginn in Dresden waren. Für mich hieß das zwar jedes Mal schon um halb fünf aufstehen, aber wie schon gesagt, ich mochte die Kinder und die Tour. Deshalb fiel es nicht ganz so schwer.

Gegen Sechs Uhr hatte ich bereits die Hälfte der Truppe an Bord. Das nächste Kind war ein etwa 14jähriger Junge aus Bernsdorf. Bei ihm musste ich immer ein paar Minuten mehr einplanen. Morgens kam er nur schwer in Tritt, besonders nach dem Wochenende. Er

wohnte in einer Einfamiliensiedlung. In der
Wartezeit lauschte ich meist dem Gesang der Vögel
oder beobachtete anderes Getier. Die Kinder im
Auto waren bereits wieder eingeschlafen. Endlich
kam der Junge aus dem Haus geschlichen und ließ
sich auf seinen Stammplatz im Auto plumpsen. In
der Zwischenzeit hatte ich die Schultasche und das
übrige Gepäck im Kofferraum verstaut. „Na, dann
los", sagte ich zu meiner Truppe. Dass sie schliefen
war mir ehrlich gesagt auch recht lieb. Am Morgen
mochte ich keinen Radau im Auto. Vom
Wohnhaus des Jungen bis zur Hauptstraße führte
eine schmale Wohngebietsstraße.
Entgegenkommenden Fahrzeugen konnte man nur
an wenigen Stellen ausweichen. Auf dieser Strecke
traf ich montags meist einen Kollegen aus einer
anderen Taxifirma. Da wir uns fast immer zur
gleichen Zeit trafen, versuchte ich schon vorher
eine der Ausweichstellen zu erreichen.
#Auch an diesem Morgen sah ich das andere Auto
schon von weitem. Aber was

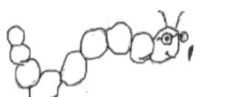 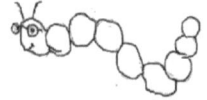

war das? Träumte ich? Oder lief neben dem Taxi ein KAMEL? Es trottete gemächlich neben dem Fahrzeug her. Ich ging ruckartig auf die Bremse. Dadurch wurden die Kinder wachgerüttelt. Ich hörte sie rufen: „Guck mal! Da vorne! Ein Taxi mit Kamel!" Aufgeregt zeigten ihre Finger in Richtung des entgegenkommenden Taxis. Ich träumte also nicht! Als wir fast auf gleicher Höhe waren, erkannte ich, dass der Fahrer das Tier an einem Strick neben dem Fahrzeug herführte. Beide hielten wir an. „In welche Richtung fährst du? Kommst du da am Stadtpark vorbei?", wollte mein Kollege wissen. „Nein, ich fahre Richtung Dresden. Das ist genau entgegengesetzt vom Park.", antwortete ich. Inzwischen hatten sich meine Kinder schon fast die Nasen an der Scheibe plattgedrückt, denn das Kamel stand direkt daneben und knabberte genüsslich an einer der Hecken des Grundstücks neben dem wir standen. „Schade", meinte er. „Da werde ich wohl selber vorbeifahren müssen und den Ausreißer abliefern." Er

berichtete in knappen Worten wie er zu diesem Tier gekommen war. So erfuhren wir, dass gerade ein Zirkus im Ort gastierte. Das Kamel, welches ganz offensichtlich zu ihnen gehörte, hatte wohl einen unbeobachteten Moment genutzt und war auf Erkundungstour gegangen. Weil es dabei die Bundesstraße benutzte, hatte mein Kollege es eingefangen. Schließlich sollte das Tier ja nicht unter irgendwelchen Autorädern landen. Um nicht zu viel Zeit einzubüßen, hatte er es erst einmal mit in die Siedlung genommen. Er wusste, dass er mich dort treffen würde. Deshalb hatte er gehofft, ich könne es übernehmen und auf meinem weiteren Weg beim Zirkus abgeben. Die Kinder waren von der Idee sofort begeistert. Aber nicht nur wegen des Kamels. Sondern vor allem, weil dieser Umweg Zeit gekostet und sie einen originellen Grund für eine Schulverspätung gehabt hätten. Doch diese Freude konnte ich ihnen leider nicht gönnen. So „parkte" der Kollege das Kamel eben an der bereits angeknabberten Hecke und

19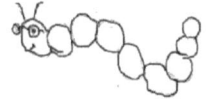

rief die Polizei zu Hilfe, wie er mir später erzählte.
Die hatten seinen Anruf zuerst für einen verfrühten
Aprilscherz gehalten, sich dann aber doch auf den
Weg gemacht.

Was aus dem Kamel wurde? Wie ich später erfuhr,
haben die Zirkusleute das Tier in der Siedlung
abgeholt. Dem Tier war offensichtlich die Zeit bis
zur Fütterung zu lang geworden und deshalb war es
ausgebüxt. Die Tierpfleger waren bereits in heller
Aufregung und auf der Suche. Sie ahnten ja nichts
von der Rettungsaktion durch meinen Kollegen
und dem aktuellen Aufenthaltsort des Kamels. Zu
diesem Zeitpunkt probierte das Tier ja bereits, wie
die Hecke in der Siedlung schmeckte.

Meine Kinder erzählten noch ein ganzes Jahr später
von dieser außergewöhnlichen Begegnung an
einem gewöhnlichen Montagmorgen. Nur die
Bewohner des Hauses zu dem besagte Hecke
gehörte werden wohl nicht ganz so euphorisch
gewesen sein.

Der Regenmann

Es kam ein Plitsch-Platsch-Regenmann
schon gestern mit dem Regen an
und trieb davon in einem Bache
bis hin zu einer Wasserlache.

Dort wollt er was Besonderes sein
inmitten all der Zappeleien.
Drum sprang er immer auf und nieder
und gurgelte dabei Regenlieder.

Ein Tropfenmädchen frech und keck
die schnappte ihm die Show dann weg
ein Mieder regenbogenbunter Schlieren
tat ihren Tropfenleib exotisch zieren.

Dagegen kam der Platsch nicht an
war ja nur ein schlichter Tropfenmann.
Bis heut` hat er ihr nicht verzieh`n
das Fremdgehn mit dem Waschbenzin.

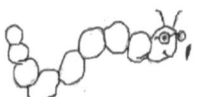 21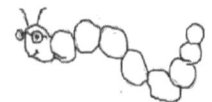

Kopfkino

Jeder kennt das sicherlich. Man will in einem Hochhaus jemanden besuchen. Da diese Person aber nicht im Parterre wohnt, benutzt man einen Fahrstuhl. Dazu drückt man den Rufknopf, stellt sich vor die Fahrstuhltür und wartet. Dabei gehen einem tausend Gedanken durch den Kopf, wichtige und weniger wichtige. Plötzlich blitzt einer davon in den Vordergrund. Was ist wohl hinter der Tür des Fahrstuhls? Ein Bild drängt sich in den Fokus. Im Fahrstuhl ist eine LEICHE! Rumpelnd nähert sich der Fahrkorb. Ruckelnd bleibt er stehen. Langsam öffnet sich die Doppeltür. Angstvoll starrst du darauf. Das Innere ist hell erleuchtet. Und – leer! Erleichtert atmest du auf. Hätte ich doch nur den Krimi gestern nicht geguckt, denkst du bei dir und steigst ein.

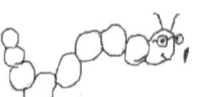 22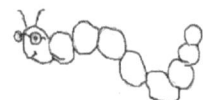

Die Zecke*

Es saß im Gras die kecke Zecke
und dacht: wenn ich die Menschen necke
dann haben wir gemeinsam Spaß.

Sie sprang ihr an die Waden
und wollte sich gerade laben,
da rutscht sie ab, oh welche Pein
`s war ein glattrasiertes Damenbein.

Darauf versucht sie`s bei `nem Mann
da kam sie ebenso schlecht ran.
Bei ihm war es doch ziemlich hart,
die Waden waren stark behaart.

Verzweifelt sucht sie neue Speisen
und sie entschließt sich ganz spontan:
Ich steige um und leb vegan.

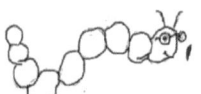 23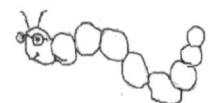

Das kalte Händchen

Wer jetzt an die Adams Family denkt liegt völlig falsch! Das Händchen von dem hier die Rede sein soll, hängt noch fest an einem Arm. Und der am Körper eines Menschen. Beginnen wir besser ganz am Anfang.

Die Geschichte ereignete sich in den 1960er Jahren in einem Ferienlager. Genauer gesagt in einem Orchesterlager eines Schülerorchesters. Es war eine lustige Truppe von etwa 20 Schülern verschiedenen Alters. Ereignisort war eine Schule in der Nähe von Hoyerswerda. Die Schule befand sich abseits des Dorfes auf einer Anhöhe. Und weil gerade Ferien waren durfte sie als Ferienlager genutzt werden. Dazu hatte der Hausmeister zwei Klassenräume leergeräumt und Betten hineingestellt. Dort also zogen die zwanzig jungen Musiker mit ihrer Orchesterleiterin und einer weiteren Aufsichtsperson ein. Jeder der beiden Schlafräume war mit elf Betten

ausgestattet, also jeweils zehn Kinder und eine Aufsichtsperson. Neben den täglichen Orchesterproben blieb natürlich genügend Freizeit. Und Zeit für Späße. Abends gab es auch so manche Kissenschlacht, an der sich auch die beiden Erwachsenen beteiligten. Eines Abends beschlossen die Kinder des einen Zimmers, ihrer Leiterin einen Streich zu spielen. Dazu versteckte sich eines der Kinder unter dem Bett der Leiterin. Das Bett sollte von dieser Position aus zum Wackeln gebracht werden, als ob es spuken würde. Doch gerade an diesem Abend kam und kam die Leiterin nicht ins Bett. Dem Kind unter dem Bett wurde es erst langweilig, dann schlief es ein. In zwischen war auch die Leiterin eingetroffen und hatte sich leise ins Bett begeben. Von dem Schelm unter dem Bett ahnte sie nichts. Sie hatte den Raum ja im Dunklen betreten, um die schlafenden Kinder nicht zu wecken. Irgendwann erwachte das eingeschlafene Kind unter dem Bett. Es fror, wollte herauskrabbeln und in sein

 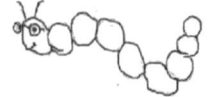

eigenes Bett gehen. Weil es aber etwas eng war, musste es sich mit Hilfe der Bettkante hervorziehen. Dabei griff es versehentlich den auf dem Rand liegenden Arm der schlafenden Frau. Diese erwachte von der Hand, welche sie gepackt hatte. Sie kam von unten und war eiskalt. Klar, das Kind hatte ja die ganze Zeit auf dem Fußboden unter dem Bett gelegen. Von dem Schrei erwachten natürlich alle im Zimmer. Nachdem das Kind, welchem die Hand gehörte, ganz hervorgekrochen war, brachen alle in ein befreiendes Gelächter aus. Nun hatten sie doch noch ihren Spaß gehabt.

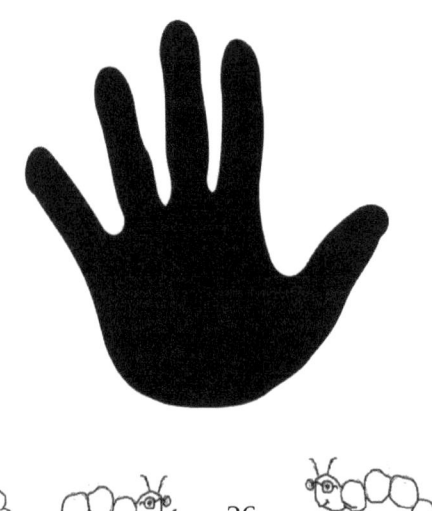

Familie Fledermaus

Seit Waldemar, die Fledermaus,
in unsrer alten Schule haust,
wird er gepackt vom Wissenswahn.
Das kostet ihn den ersten Zahn.

Er hatte auf ein Buch gezielt,
weil er ein Bild für fressbar hielt.
Das merkt zu spät der Waldemar.
denkt schließlich auch der Herr Papa.

Und sein kleiner Bruder Max
entdeckt`ne Tüte Ohropax.
Hinein ins Ohr und losgewetzt
schon landet er im Spinnennetz.

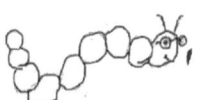 27

Die große Schwester Gerda
die treibt es noch viel ärger.
So trinkt sie eine Flasche Bier
statt Blut, wie schließlich ein Vampir.

Die Mutter quietscht, dass Glas zerspringt
das ganze Haus im Takte schwingt.
Der Vater brüllt im Ultraschalle
„Jetzt aber raus hier, und zwar alle!"

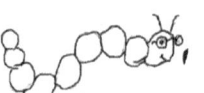 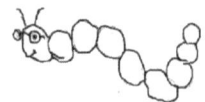

Vergorene Theorien

(schwehr verdaulich)

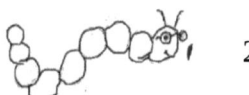 

Menschheitsgeschichte

Es muss jetzt etwas über 25000 Jahre her sein.
Kurz nach dem letzten Terraforming der Erde. Der
intergalaktische Rat der Genetiker hatte
beschlossen, einen erneuten Besiedlungsversuch
auf dem Planeten Erde zu starten. Um dabei
gleiche Ausgangsbedingungen für alle
teilnehmenden Forscher zu schaffen, erhielten alle
ein gleichgroßes, jedoch voneinander entferntes
Territorium und die gleiche Menge an genetischem
Grundmaterial für das Experiment. Alle legten sich
ins Zeug um mit ihrer Experimentalvariante das
beste Ergebnis zu erzielen und damit den
Forschungspreis zu gewinnen.
Nach Ablauf der ebenfalls vorgegebenen Zeit,
stellte jede Gruppe ihr Ergebnis vor. Da ja alle
dasselbe Ausgangsmaterial hatten, gab es offenbar
wenig

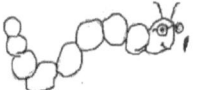 31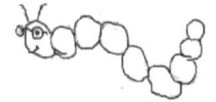

Gestaltungsmöglichkeiten. Die entstandenen Exemplare der Gattung Mensch unterschieden sich nur in einigen Äußerlichkeiten wie Hautfarbe, Gesichtsgestaltung und Größe. Für die Preiskommission war es schwer einen echten Sieger herauszufinden. Deshalb wurden alle Varianten als gleich bewertet. Die Mitarbeiter der Forschungsgruppen waren frustriert. Ohne Kommentar verließen sie den Forschungsbereich Erde und überließen die entstandenen Menschen sich selbst.

Das waren damit die ersten Menschen einer neuen Welt, was sie selbst aber so nicht wussten. Sie waren intelligent und neugierig. Bald hatten sie ihre bekannte Umgebung ausgiebig erkundet. Sie begannen, immer größere Gebiete zu durchstreifen. Dabei trafen sie irgendwann auch auf die Menschen aus den anderen Experimentalgruppen. Sie staunten nicht schlecht als sie feststellten, dass es sie mit verschiedenen Haut-, Haar- und Augenfarben gab. Und es gab

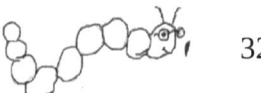

große Menschen und sehr kleine. Zur Unterscheidung gaben sie ihnen unterschiedliche Namen. Die sehr gro0en nannten sie Riesen, die sehr kleinen Zwerge.

Die Größenunterschiede spielten auch bei der Besiedlung der verschiedenen Gebiete eine wichtige Rolle. So bevorzugten zum Beispiel die Riesen höher gelegene Regionen mit dichten Wäldern, während die Zwerge wärmere Inselgebiete, bestimmte Berghöhlen oder dichte Urwälder bevorzugten.Trotzdem gab es immer wieder Kontakte zwischen ihnen. Wenn nötig, halfen sie sich auch gegenseitig. Doch das Bevölkerungswachstum der einzelnen Gruppen war recht unterschiedlich. Während die „Normalgroßen" sich stark vermehrten, ging der Anteil der Riesen und Zwerge immer weiter zurück. Bis schließlich ein Punkt erreicht war an dem Riesen und Zwerge nur noch in den Erzählungen der „Normalgroßen" vorkamen-

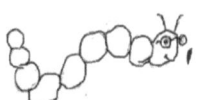 33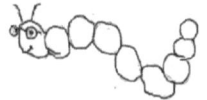

#So entstand aus einem intergalaktischen
Experiment die heutige Bevölkerung der Erde.

 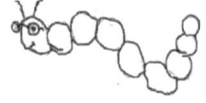

Die Herkunft der Meerwesen

(Variante 1)

Es geschah vor Äonen von Jahren, damals als die Götter noch gemeinsam mit den Menschen auf der Erde lebten. Sie unterschieden sich nur in ihrem Lebensstil voneinander. Während die Menschen noch in einfachen Hütten lebten, hatten die Götter schon feste Steinhäuser. Beiden gemeinsam war, dass sie liebten, sich paarten und Kinder zeugten. Dabei war es gar nicht so selten, dass sich Menschen und Götter mischten. Wobei die Partner nicht immer verheiratet waren. Und wie zu erwarten, entstanden dabei auch Kinder, Mischlinge. Das war in der Götterwelt aber gar nicht gern gesehen. Der Götterrat hatte diese Mischlinge sogar als zu beseitigendes Problem gebrandmarkt. Deshalb versuchten die bemitleidenswerten Eltern solche Mischlinge auch innerhalb der Menschenwelt zu verstecken. Leider gelang das nicht immer. Manche Kinder hatten besondere Fähigkeiten von

 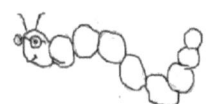

ihrem göttlichen Familienteil geerbt, Donner oder Regen herbeirufen, Blitze erzeugen oder anderes. Solche Kinder waren schwer zu verstecken. Zumal sich diese Fähigkeiten meist schon bei der Geburt offenbarten.

 Es war deshalb nicht unüblich, derartige Kinder bereits bei der Geburt zu töten. Das war zwar grausam und tat auch den Eltern in der Seele weh, schien aber unvermeidlich zu sein. Dabei war es egal, ob das Baby ein Mädchen oder ein Junge war. Keiner traute sich, gegen den Beschluss des Götterrates zu rebellieren.

Einige der gemischten Paare wollten dieses Problem aber etwas, ihrer Meinung nach, weniger herzlos regeln. Sie überließen die Kinder dem Meer. Nach dem Motto „Aus den Augen, aus dem Sinn". Immerhin ging man nach damaliger Vorstellung davon aus, dass die Erde eine Scheibe ist und das Meer über die Ränder läuft. Alles was

 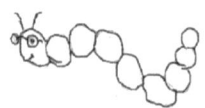

sich im Meer befand, verschwand nach dieser Theorie in einer unbekannten Unendlichkeit.

Aber es war ganz anders. Auch im Meer wohnte nämlich ein Gott. Sein Name war Poseidon. Er war verwitwet. Seine Frau war bei der Geburt ihres ersten Kindes verstorben. Doch Poseidon wünschte sich Kinder, viele Kinder. Da kamen ihm die ins Meer gesetzten Babys gerade recht. Er beobachtete sehr genau, wo es wieder einmal so einen Fall gab. Waren die Kinder außer Sichtweite der Eltern, nahm er sein großes Netz und fischte sie auf. Damit waren die Kleinen zwar fürs erste gerettet, doch das ganze Problem damit noch nicht gelöst. Die Kleinen hatten Beine und atmeten Luft! Deshalb brachte er sie zunächst auf einer geheimen Insel mitten im Meer unter. Die Insel hatte einen schönen Sandstrand und eine Lagune. Doch mittels eines Zaubers hatte er sie sowohl vor den Augen der Menschen als auch der übrigen Götter verborgen. Jeden Tag schickte er zwei besonders vertrauenswürdige Seekühe

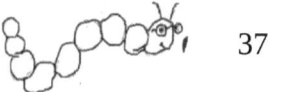 37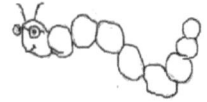

zu der Insel, damit die Kleinen Milch bekamen. Für die größeren schickte er Seetang-Gemüse und Fisch mit. Die Kinder wuchsen prächtig. Häufig bekamen sie auch Besuch von Poseidon, der nach seinen Schützlingen sehen wollte. Doch da er keine Beine, sondern Flossen hatte, konnte er zwar nahe ans Ufer, aber nicht an Land kommen. Die Kinder mussten ins Wasser kommen, um seine Geschenke entgegenzunehmen. Er brachte Seesterne und verschiedene Dinge von gesunkenen Schiffen als Geschenke für sie mit. So hatten sie immer reichlich Möglichkeiten zu spielen, zu lernen und sich auszuprobieren. Gleichzeitig lernten sie von den Seekühen schwimmen. Das war nicht nur wegen der Besuche von Poseidon wichtig, sondern auch, weil sie ja auf einer Insel lebten. Das Schwimmen bereitete ihnen viel Freude. Und wenn neue Kinder hinzukamen, wurden sie von den älteren mit allem vertraut gemacht, was für ihr Überleben wichtig war. Besonders viel Spaß machte allen die Singstunde

mit den Seekühen. Sie hatten ja andere
Stimmorgane als ihre tierischen Mütter. Deshalb
sangen die Kühe die tieferen Töne und die Kinder
die höheren. Es klang nicht immer schön, aber sie
hatten Freude am gemeinsamen Gesang und das
war wichtig. Der Gesang wurde gleichzeitig ihre
Sprache da sie nie andere Laute vernommen hatten.
Poseidon besuchte sie zwar, konnte aber auch nur
in der Sprache der Seekühe mit ihnen reden. Die
menschliche Sprache war ihnen völlig fremd. Auch
ihre ungenutzten göttlichen Fähigkeiten
verkümmerten mit der Zeit. Dafür entwickelte sich
etwas anderes. Durch die Seekuhmilch, dem
Verzehr von Fisch und Tang, sowie dem ständigen
Kontakt zum Meer wurde allmählich ihre Haut
grün. Sie vertrugen jetzt weniger von den
wärmenden Sonnenstrahlen, da diese ihre Haut
austrockneten. Immer häufiger hielten sie sich
deshalb im Wasser der Lagune auf, welches ihnen
guttat. Auch ihre Fortbewegung war nicht mehr
menschlich. Ähnlich ihrer

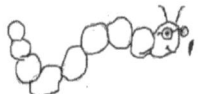 39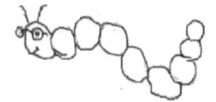

Seekuh-Mütter rutschten sich auf dem Bauch. Die Hände wurden zum Ziehen verwendet und mit den Zehen stießen sie sich ab. Eigentlich benutzten sie die Füße kaum noch. Sie kannten es ja nicht anders. Und die Kleineren ahmten eh alles nach, was sie bei den Großen sahen. So störte es kein Kind, dass ihre Beine nach wenigen Jahren zusammengewachsen waren, grün aussahen und zum Laufen ungeeignet waren. Doch das war noch nicht das Ende der Entwicklung. Durch den häufigen Aufenthalt im Wasser wurden die Beine Flossen immer ähnlicher.

Am meisten freute sich darüber Poseidon. Waren die Kinder doch jetzt immer öfter bei ihm im Meer . Nun konnte er ihnen auch all die Dinge beibringen, die zum Leben im Meer wichtig und notwendig waren. Es störte ihn auch nicht, dass mit der Zeit immer weniger neue Kinder hinzu kamen. So konnte er sich intensiver mit denen beschäftigen, die schon da waren. Auf Grund ihrer Herkunft waren sie ja auch

40

viel langlebiger als normale Kinder. Das freute ihn besonders und er liebte seine Ziehkinder mit jedem Tag mehr. Die Kleinen hielten sich nun schon fast den gesamten Tag bei ihm im Meer auf. Und weil er nun sehr oft mit ihnen spielte und tobte, bemerkte er eines Tages, dass ihre Haut sich langsam in Schuppen verwandelte. Besonders deutlich war das an den zusammengewachsenen Beinen zu erkennen. Die untere Körperhälfte ähnelte immer stärker einem Fisch. Nur der obere Teil blieb menschenähnlich. Mit der Verwandlung der Beine und dem Aufenthalt im Meer lernten sie auch, tiefer zu tauchen. Was wiederum zu einer Veränderung ihres gesamten Atemapparates führte. Zusätzlich zu ihrer Lunge öffneten sich hinter den Ohren mehrere Reihen beweglicher Kiemen. So hatten sie jetzt die Möglichkeit, sowohl unter Wasser als auch darüber zu atmen. Pfeilschnell glitten sie durch die Fluten, tauchten in tiefste Tiefen und sprangen in die Luft wie Delphine.

41

Übermütig schwammen sie jeden Tag ein Stück weiter von ihrer Insel weg. Als sie eines Tages auf Menschen trafen, waren sie sehr erstaunt über diese anderen Lebewesen. Sie ahnten ja nichts davon, dass sie von ihnen abstammten. Scheue Kontaktaufnahmen endeten meist in Katastrophen. Sie wussten ja nicht, dass Menschen die Schönheit ihrer Unterwasserwelt nicht erkennen konnten, weil sie vorher ertranken. So wie sie nicht die Schönheiten an Land bewundern konnten, weil sie keine Füße mehr ht hatten um zu laufen. So entstanden viele Gerüchte und Geschichten über die jeweils Anderen. Auch der Götterrat wunderte sich über das Auftauchen der Meeresmenschen. Sie ahnten nicht, dass sie und ihr damaliger Beschluss zum Thema Mischlingskinder der Ausgangspunkt der Geschehnisse war.

Jetzt war aus den einst verstoßenen Mischlingskindern eine völlig neue Art von Wesen entstanden: Meerjungfrauen und Meermänner

Interview mit einem Fremden **

Reporter: Herzlich willkommen zur neuen   A
Ausgabe von „Außergewöhnliche
Gäste" Willkommen Herr …?

Fremder   : Nennen Sie mich John. Das ist vermutlich für beide Seiten entspannter.

Reporter; Prima! Also John, Sie wurden mir von der Redaktion so geheimnisvoll

angekündigt. Was können Sie mir zu unserem heutigen

T   Thema: „ Die Vielseitigkeit der Farbe Grün" erzählen?

John   : Oh, eine ganze Menge. Ausgehend vom Thema kann ich zunächst

einmal   bestätigen, dass diese Farbe ein breites Spektrum

umfasst . Und das nicht nur auf der Erde.

Reporter : Wie meinen Sie das denn? Wollen Sie andeuten es gäbe eine Verbreitung der

Farbe Grün auch auf anderen Planeten unseres Sonnensystems?

John   : Nicht in Ihrem Sonnensystem.

Reporter : Nicht in unserem Sonnensystem? Sind sie Astrobotaniker von Beruf?

John   : Nein, oder...vielleicht doch...irgendwie.

Reporter : Na, Sie machen es ja spannend. Ich glaube, unsere Zuschauer platzen schon

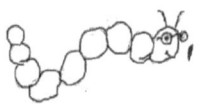 43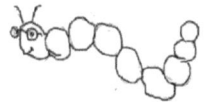

vor Neugierde. Erzählen Sie uns mehr darüber. Wer sind Sie? Woher haben

Sie Ihr Wissen?

John : *Man hat Ihnen wirklich nicht , wer ich bin und woher ich komme?*

Reporter : Nein. Mein Redakteur deutete nur an, dass dieses Interview eine Weltsensation

werden würde.

John : *Aha! Dann lassen wir die Sache mal ganz ruhig angehen.Sehen sie mich*

bitte genau an. Was meinen Sie, aus welchem Land stamme ich?

Reporter : Nun, Ihre Haut ist dunkler als meine. Könnte also ein warmes Land in Asien

oder Afrika sein. Aber es ist kein bräunlicher Ton. Bilde ich mir das ein,

oder hat ihre Haut einen grünlichen Schimmer? Hm, dann kommt vielleicht

auch der brasilianische Urwald in Betracht. …. Doch ich sehe Sie die

ganze Zeit den Kopf schütteln. Kann demzufolge nicht richtig sein. Ich gebe

auf ! Bitte verraten Sie uns des Rätsels Lösung.

John : *(„grinsend") Nun, Urwald war gar nicht so falsch. Allerdings befindet*

sich dieser nicht auf der Erde.

Reporter : Sie wollen uns veralbern, John! Heute ist nicht der 1.April! Jetzt mal raus mit

der Sprache: Woher stammen Sie?

John : *Ich habe Sie nicht veralbert. Meine Heimat ist der Planet Fruktulos . So*

lautet zumindest die Übersetzung in Ihre Sprache. Der grünliche

Schimmer auf meiner Haut ist der Rest meiner Jugendfarbe.. Ich

 44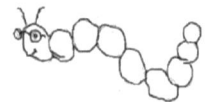

bin nämlich erst 221 Jahre alt.

Reporter : Halt, halt! Jetzt komme ich nicht mehr mit. Wo ist hier die versteckte Kamera!

John : *Ich stamme wirklich vom Fruktulos. Allerdings lebe ich schon einige*

Jahrzehnte auf der Erde. Deshalb beherrsche ich auch Ihre Sprache.

Und als diese Anfrage zum Thema „Grün" in unserem Institut bekannt

wurde, hielt mein Chef mich für kompetent genug dazu einen Beitrag

zu. Den habe ich eingereicht. Daraufhin wurde ich eingeladen. Jetzt

sitze ich hier.

Reporter: Ich weiß nicht, was ich dazu sagen soll. Am besten erzählen Sie uns

e einfach, was Sie geschrieben hatten.

John : *Gern. Begonnen habe ich mit einer kurzen Schilderung des Planeten.*

Er sich in der Nähe der Plejaden. Von der Erde aus gesehen etwas

links davon. Man kann ihn nur selten direkt sehen, da er im

Sonnenschatten liegt. Dafür hat er ein ideales Klima. Pauschal kann

man sagen Fruktulos ist ein komplett grüner Planet. Was auch für

den seiner Bewohner zutrifft. Fruktulos ist geologisch etliche

Millionen Jahre älter als die Erde. Weshalb auch die Entwicklung im

technischen Bereich weiter ist. Mit unseren Sternenschiffen reisen wir

schon sehr lange durch die Galaxis. Dabei haben wir schon viele

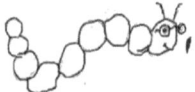 45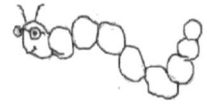

fremde Rassen kennengelernt. Die Erde haben wir eher zufällig

entdeckt als eines unserer Schiffe eine Havarie hatte. Ihr liegt ja

auch ganz schön abgelegen. Das mit der Havarie war vor etwa

3000 eurer Zeitrechnung. Das Schiff wasserte, klappte auf und

wurde zu einer schwimmenden Insel. Es hieß übrigens „Alanis 1".

Durch das Studium eurer Geschichtsbücher erfuhr ich, dass die

Menschen daraus ATLANTIS gemacht haben. Und um die Zeit

der Reparatur zu überbrücken, stellten unsere Vorfahren

Kontakt zu den Menschen her. Die guckten sich natürlich

eines von uns ab, was eure Entwicklung ein ganzes Stück

voranbracht.

ÜBRIGENS: Untergegangen ist Atlantis nicht! Es hatte ja

nie existiert. War ja ein Sternenschiff. Und auch nicht das

einzige, welches gelandet war. Es wurden nämlich weitere

Schiffe der Alanis-Klasse geschickt die beu der Reparatur

helfen sollten. Da aber an dem Havarieort zu wenig Platz für

weitere Schiffe war, landeten sie an anderen Orten und flogen

mit kleinen Maschinen hin und her. Soweit ich mich erinnere

eines in eurer Ostsee, ein anderes im Atlantik

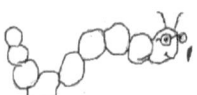 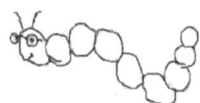

und ein weiteres auf dem Kontinent Antarktika.

Nachdem die Reparatur beendet war, starteten sie

gemeinsam zurück in Richtung Fruktolus. Für den

Start wurde zur Tarnung eine stürmische

Regennacht t ausgewählt. Die Sternenschiffe hoben

ab.Für die Menschen wirkte allerdings der

F   *Feuerstrahl Start wie ein Vulkanausbruch.*

Danach die Inseln verschwunden. Für die

Menschen wirkte es als wären sie

.   *untergegangen Doch wir hatten euch seitdem*

ständig im Blick. Es gab seit der Entdeckung

eures Planeten regelmäßige Kontrollflüge, um

sehen weit ihr in der technischen

Entwicklung seid. Zusätzlich wurden

mehrere Beobachtungsstationen errichtet.

Auf einer davon arbeite ich.

Reporter: So entstanden also die Legenden von Atlantis und den UFOs.

I   Interessant! Jetzt habe ich noch eine sehr persönliche Frage. Nehmen Sie

es mir bitte nicht übel John. Sie haben mir zu Beginn unseres Interviews Ihre

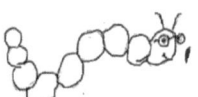 47

grünlich schimmernde Haut gezeigt. Hat die etwas mit den

Erzählungen über kleine grüne Männchen zu tun?

John   : *("lachend") Ihr mit euren grünen Männchen! Aber mal im Ernst. Es gibt*

Sie. Doch nicht so wie ihr denkt. Es sind vermutlich unsere Kinder, die

wieder mal Unsinn veranstaltet haben. Ja, jetzt staunen Sie. Na, dann

will ich es mal etwas ausführlicher darlegen. Ich sagte ja schon, dass

wir viel durch die Galaxis unterwegs sind. Meist sind es Forschungsschiffe.

Da diese oft sehr lange auf Reisen sind, hat der Rat die Mitnahme des

Nachwuchses genehmigt. Dasselbe gilt auch für die Stationen auf den

verschiedenen Planeten. Im speziellen Fall auch auf der der Erde.Und die

lieben Kleinen sind grün und unreif. Sie reifen im Verlauf vieler Jahre. Bis

ihre Hautfarbe meiner ähnelt.. Wenn wir Station auf einem Planeten

machen oder länger vor Ort sind, dürfen die Kinder natürlich auch

mit raus. Und wie Kinder nun mal sind, spielen sie dann die Arbeit

der Erwachsenen nach. Dabei werden sie mitunter von

Planetenbewohnern entdeckt. Die erzählen es dann ihren

Nachbarn oder in der Presse. Es kommt allerdings

auch bei Erwachsenen manchmal vor, dass sie ganz grün

aussehen. Aber nur bei Dunkelheit oder großer Erregung. Damit

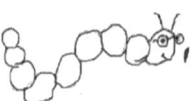 **48**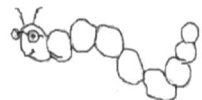

ist meiner Meinung nach   das Wesentlichste zu diesem Thema gesagt.

Reporter: Danke, das war sensationell! Mir wirbeln noch viele weitere Fragen, besonders

zu Ihrem Aufenthalt auf der Erde, im Kopf herum. Und auch unseren

Zuschauern wird es ähnlich gehen. Doch leider ist unsere heutige Sendezeit

vorüber. Ich hoffe wir sehen uns bald zu einer weiteren Gesprächsrunde.

Ich würde mich sehr freuen. Nochmals vielen Dank!

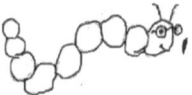 49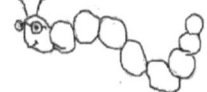

Der Schatten

Mondlicht durchdringt windzerzauste Wolkenfetzen
im nächtlichen Wald kraftvoll Bäume rauschen
Zeit der Nachtdämonen, Träume und Geister.
Ein einsames Haus steht im Wald
darin schlafend ein Mensch in seinem Bett.

Auf seiner Brust, festgekrallt, ein Alptraumdämon.
Verzweifelt wirft sich der Mensch hin und her
schreit auf, erwacht,
schwitzend mitten in dunkler Nacht.

Der Mond schickt bleiche Lichtfinger ins Haus.
Sie blicken durch Fenster und Türen.
Der Mensch, im Bett, vor Angst noch erstarrt,
blickt ihnen mit großen Augen entgegen.

Da hört er Schritte, tapsen auf knarrenden Dielen,
im Türrahmen erscheint eine dunkle Gestalt.
Es ist Nacht im Haus, mitten im Wald.

 50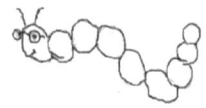

Vom Fenster das Mondlicht beleuchtet die Szene.

Der Schatten füllt den Türrahmen aus.

Näher kommt er, Schritt für Schritt.

Da trifft ihn das Taschenlampenlicht.

Es ist mein Mann, mit grinsendem Gesicht!

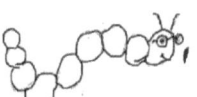 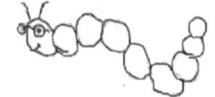

Sagen und Legenden

Haarsträubend verwurstelt

 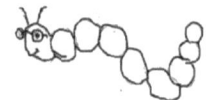

Vorzeit

Wir alle haben in der Schule vieles gelernt. Unter anderem auch über unsere Herkunft, unsere Geschichte, unsere Abstammung. Zum leichteren Verständnis wurde letzteres als geradlinige Entwicklung dargestellt. Auch die Forscher gingen anfangs von einer ziemlich geradlinigen Entwicklung der Menschen von den ersten Urmenschen bis in die Neuzeit aus. Diese Annahme musste jedoch in den letzten Jahren stark überarbeitet werden, denn es stellte such auch heraus, dass es mehrere Ursprünge gab. Sozusagen mehrere kleine Entstehungszentren. Ähnlich wie bei einem Fluss, der ja auch aus dem Zusammenfluss vieler kleiner Quellen entsteht. Soweit, so gut. Doch was war davor? Es mehren sich die Anzeichen, dass es vor unserer Zeit schon mindestens einmal etwas

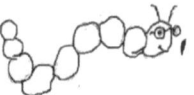 53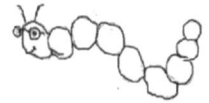

gegeben haben muss. Und zwar nicht nur totes Gestein.

Es hält sich hartnäckig die Theorie, dass es vor der heutigen Menschheit mindestens schon einmal eine Zivilisation auf der Erde gegeben haben soll. Doch diese ist scheinbar spurlos verschwunden. Der Grund dafür soll ein sogenanntes „Terraforming"sein. Also ein Vorgang bei dem alles ausradiert wurde was da war. Egal ob Pflanze oder Lebewesen. Alles wurde beseitigt. Alles? Hatte es doch beim letzten Mal erhebliche Störungen gegeben. Es waren Meteorströme in den Strahlungsbereich geraten. Das hatte zu kurzzeitigen Unterbrechungen geführt. Irgendwelche Reste bleiben doch fast immer. In diesem Fall waren es sogar menschenähnlichen Wesen. Sie hatten sich hoch oben im den Bergen in tiefen Höhlen versteckt. Dort fühlten sie sich sowohl vor den Terraforming-Strahlen als auch vor der nachfolgenden Reinigung durch das Wasser der Sintflut geschützt. Und die

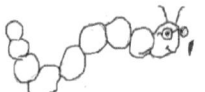 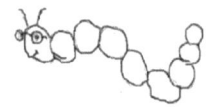

punktuellen Ausfälle der Säuberung taten ein Übriges.

Sie blieben unentdeckt. weil sie sehr eng mit der Natur verbunden waren. Sie lebten nicht in steinernen Bauten sondern in Hütten aus Holz und Blattwerk. Ihre Körper besaßen ein dichtes Fell, welches sie vor Temperaturschwankungen schützte. Ihre Bauwerke wurden bei der radikalen Säuberungsaktion total vernichtet. Doch sie selbst konnten sich retten. Wenn auch nur wenige von ihnen.

Als sie danach herauskamen, war ihre Welt eine völlig andere. Es war verstörend. Außerdem entwickelte sich da gerade eine neue Spezies. die ihnen gar nicht wohlgesonnen war. Das waren unsere frühesten Vorfahren. Also blieben die alten Wesen in ihren Schutzhöhlen und verfolgten die Entwicklung unserer Spezies misstrauisch. Sie waren gegenüber uns sehr viel langlebiger. Und auch sie bekamen Nachwuchs. Diesem brachten sie von klein auf bei, sich von

diesen neuen Menschen fernzuhalten. Ganz ließen sich Kontakte jedoch nicht vermeiden. Die Menschen begannen, sich Geschichten über diese in den Bergen lebenden Fellwesen zu erzählen. Je nach Lebensraum nannten sie sie „Yeti" oder „Bigfoot". In manchen Gebieten gab es auch noch andere Namen, aber das waren die gängigsten, die sich auch bis in die heutige Zeit erhalten haben. Heute hält man sie nur noch für Legenden. Auch wenn immer wieder von Sichtungen berichtet wird. Wer weiß, vielleicht treffen wir eines Tages wirklich auf Yetis. Dann sollten wir uns ihnen gegenüber respektvoll verhalten. Immerhin lebten sie schon vor uns auf diesem Planeten.

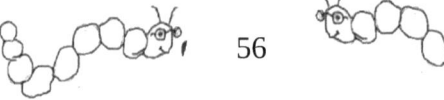

Einladung zum Essen auf den Olymp

Schon seit Jahrtausenden leben Menschen und Götter auf dieser Erde. Manche sagen, die Götter erschufen die Menschen. Andere sehen dieses umgekehrt. Dieser Streitpunkt konnte bis heute nicht abschließend geklärt werden. Doch wer auch wen erschaffen hat, einer kann nicht ohne den anderen sein. Besonders weil man unangenehme oder außergewöhnliche Ereignisse gut auf den jeweils anderen abwälzen kann. So ist das eben mit den Menschen und ihren Göttern. Entwicklungstechnisch betrachtet waren sich beide Gruppen schon immer sehr ähnlich. Schon zu der Zeit, als wir Menschen noch in Fellbekleidung durch die Landschaft zogen, waren die Götter an unserer Seite. Wir sahen zu ihnen auf, beteten sie an. Sie wurden für alles zuständig erklärt, was uns unerklärlich schien.Besonders die Witterungserscheinungen , die von uns Menschen nicht

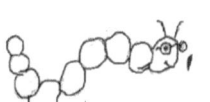

beeinflussbar waren. Aber auch ganz profane Dinge, wie zum Beispiel das Auffinden einer ausreichend großen Schlafhöhle und das Sammeln essbarer Früchte. Oder auch, ob den Männern das Jagdglück hold war. Und wenn die Überlieferungen korrekt sind, aßen sie auch dasselbe wie wir.

Dieses Thema soll nachfolgend näher werden. So wie sich die Essgewohnheiten der Menschen veränderten, änderten sich auch die unserer Götter.Klar, ihr Essen war stets feiner, reichhaltiger, schmackhafter als unseres. Das legen wir einfach so fest! Wir gaben ihren Speisen wohlklingende Namen, obwohl wir sie nie gekostet hatten. Das lag einfach daran, dass sie hoch oben auf dem Olymp wohnten, wo ein Sterblicher für gewöhnlich nie hinkamen. .

 Aber Götter aßen und tranken ebenso wie wir. Das war ein ungeschriebenes, überliefertes Gesetz. Versetzen wir uns einmal hinein in ihre Welt. Es gibt Götter und Göttinnen. Sie lieben und streiten sich ebenso wie wir

Menschen. Ja, manchmal sind sie auch recht launisch. Bis heute weiß kein Mensch so recht warum. Sie waren, sind und bleiben eben Götter! Doch durch einen seltsamen Zufall kam jetzt ein interessantes Detail aus ihrem Leben ans Licht!Es betrifft einen sehr privaten Teil , nämlich eine Frage zum Thema Mahlzeiten. Womit wir wieder bei unserem Thema Essen wären. Was ja ein allseits oft diskutiertes ist. Sicher kennt das jede Ehefrau. Es geht auf Mittag zu – der Herr Gemahl bekommt Hunger. Hungrige Ehemänner sind wie Raubkatzen. Sie laufen um die Beine (und Kochtöpfe) der Angetrauten, gucken in jeden Topf. Dabei werden sie immer knurriger, je länger sie warten müssen. In einem Götterhaushalt ist das einem menschlichen Haushalt sehr ähnlich! Meist wird Frau von diesem Verhalten nervös. Sie knurrt ebenfalls und verscheucht den Gatten vom Herd und aus der Küche.So auch unlängst bei einem Götterpaar, welches namentlich nicht genannt werden möchte.

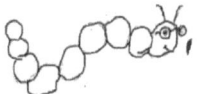 59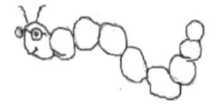

Da es ein sehr modernes Paar und dem Irdischen gegenüber aufgeschlossen war, kamen die beiden auf die Idee sich zwei Menschen zum Essen in ihr Haus auf dem Olymp einzuladen. Natürlich sollten es Menschen sein, die ihre Kochkunst zu würdigen wissen. Wer will nicht gern gelobt werden! Außerdem wollten sie sich selbst damit bestätigen, dass sie noch wichtig für das Leben auf der Erde waren. Ihre Entscheidung war gefallen. Die Einladung wurde als Traumpost verschickt. Die Antwort musste noch in demselben Traum erfolgen, sonst war sie verloren. Ähnlich wurde auch die Anreise der Gäste organisiert. Für diese schien es deshalb ein Traum zu sein, ein sehr schöner Traum.Unser Götterpaar war stolz darauf, diese Kommunikationsmöglichkeit nutzen zu können. Sie benutzten sie auch für ihre eigenen Reisen zur Erde. Es funktionierte bestens. Jetzt reisten auf diesem Weg zwei ausgewählte Köche von der Erde zu ihnen. Wenn man Lob und Huldigung erwartet, muss

man auch etwas dafür tun. In diesem Fall, wo es um Essen und Kochkünste ging, sollte natürlich etwas ganz besonders Leckeres auf den Tisch. Nun war Frau Göttin zu Ohren gekommen, dass viele Menschen Gerichte mit reichlich Fleisch bevorzugen. Sie war damit zwar nicht unbedingt auf dem aktuellsten Stand , da inzwischen auf der Erde die Zahl der Vegetarier stark zugenommen hatte, aber na ja. Sie konnte ja nicht jeden irdischen Trend kennen. Also legten sie fest, es sollte auch bei ihnen ein Fleischgericht geben. Um es aber gleichzeitig ihrem Göttergatten (im doppelten Sinn des Wortes) und gleichzeitig auch den Menschen recht zu machen, waren zwei Vorgaben ein zu beachten – reichlich Fleisch und gut gewürzt – Da sie bei ihrem letzten Besuch auf der Erde in einem Gasthaus zusammengewickelte Fleischrollen, die Rouladen genannt wurden, verzehrt hatten und sie diese reichlich ob ihres würzigen Geschmacks gelobt hatten, beschlossen sie, diese nun selbst für die

 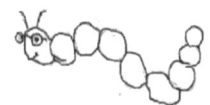

Gäste (und natürlich auch sich selbst) zuzubereiten. Sie besorgten dafür vier riesige Scheiben Fleisch von einem Pferd. Man hatte ihnen gesagt, dass man daraus sehr große Rouladen machen könnte. Des weiteren brauchten sie Senf um damit das Fleisch zu bestreichen, sowie Speck, Zwiebeln und Gürkchen bevor man es zusammenrollte. Sie besorgte alles Genannte. Alles sollte ordentlich auf dem Fleisch angeordnet werden. Um das organisatorisch hinzubekommen verteilte sie die Zutaten auf dem großen Küchentisch. Die Fleischscheiben legte sie in die Mitte. Dann begann sie mit der Zubereitung. Zuerst beklopfte sie das Fleisch von beiden Seiten, auf das es zart und mürbe würde. Dann griff sie zum Knoblauch. Damit rieb sie das Fleisch von beiden Seiten ein. Anschließend bestrich sie die Scheiben mit Senf. Es folgten Gürkchen und Speck, sowie Zwiebel. In dieser Reihenfolge, so wie sie es damals im Gasthaus beim Wirt abgeguckt hatte. Darüber streute sie Pfeffer,

Salz, etwas Paprika und eine weitere Portion Knoblauch. Es sollte ja alles recht kräftig gewürzt sein. Anschließend rollte sie das Fleisch zusammen. Schließlich heißen Rouladen ja Rouladen weil sie gerollt werden. Damit sie in dieser Form bleiben, verschloss sie die Ränder mit kleinen Holzspießen. Nun ab in einen Topf mit heißem Öl um sie von allen Seiten gut zu bräunen. Nun noch Rotkohl und Klöße als Beilage. So hatte sie diese Speise damals auch gegessen.

In der Zwischenzeit hatten es sich ihr Gatte und die beiden eingeladenen Köche im Wohnzimmer bequem gemacht und plauderten. Natürlich über moderne irdische Fortbewegungsmittel und anderen technischen Kram.Davon verstand sie nicht viel. Technik war mehr etwas für ihren Mann. Sie war ja auch in der Küche voll ausgelastet. Nach einer Weile waren die Rouladen genug angebräunt. Um eine feine Soße dazu zu erhalten, goss sie frisches Quellwasser hinzu. Das hatte sie aus dem Bach gleich hinter dem Haus

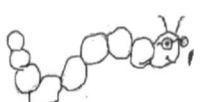 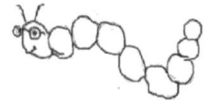

geholt. Ihre Mutter, die von der Einladung wusste, hatte noch ein Glas kleingehacktes Gemüse, welches sie „Wurzelwerk" nannte spendiert. Davon fügte sie einen großen Löffel voll dem Wasser hinzu. Und weil ihr der köstliche Geschmack des Knoblauchs so in der Nase kitzelte, gab sie noch eine weitere Portion davon ebenfalls noch mit in den Soßenansatz. Nun hatte sie Zeit sich umzukleiden, zu schminken und zu kämmen. Fertig gestylt konnte sie sich ein wenig zu den Herren gesellen und ihren Gesprächen lauschen. In der Zwischenzeit köchelten die Rouladen vor sich hin, bis das Fleisch saftig und gar war. Sie freute sich schon sehr auf das bevorstehende Mahl.

Da sie zu den Gesprächen ohnehin nicht viel beitragen konnte, nutzte sie die Zeit, um den Tisch zu decken. Sie benutzte ihr feinstes Sonntagsgeschirr, Kristallgläser und Blumensträuße. Dazu holte sie noch ein paar Flaschen Rotwein, den sie von einer ihrer Reisen mitgebracht hatte, aus dem

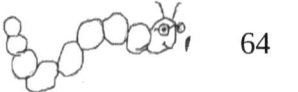 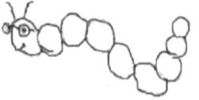

Vorratskeller. Sie hatte gehört, dass dieser besonders gut zu Rouladen passen würde. Stolz betrachtete sie ihr Werk. Ja, so konnte es ein richtiges Gastmahl werden! Lob und Huldigung waren so gut wie sicher.

Endlich war das Essen fertig. Mit ihrem schönsten Lächeln trug sie die Schüsseln herein. Gemeinsam machten sie sich an den Verzehr. Dabei beobachtete sie sehr genau die Gesichter ihrer Gäste. Doch begeistert schienen die Köche nicht zu sein. Ihr Lächeln wirkte gequält. Sie kauten merkwürdig. Dazu sprachen sie reichlich dem Wein zu. Fast schien es, als wollten sie nach jedem Bissen den Mund damit ausspülen. Na ja, irgendwie anders als die Rouladen, die sie damals auf der Erde gegessen hatten, schmeckten sie schon. Was hatte sie nur falsch gemacht? Sie konnte es sich nicht erklären. Die Zutaten entsprachen exakt denen, die sie vom Wirt genannt bekommen hatte. Die Rouladen waren zart und saftig. Der Rotkohl fein mit Nelken und einem Schluck Rotwein

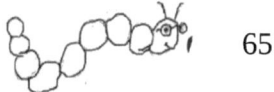 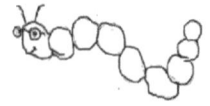

abgeschmeckt. Selbst die Klöße hatte sie eigenhändig geformt. Auf Nachfrage drucksten beide Köche mit eingezogenen Köpfen eine ganze Weile herum. Sie wollten ja nicht bei den Göttern in Ungnade fallen. Schließlich platzte es doch aus einem mit brutal klingenden Worten heraus. Sie habe sich zwar viel Mühe gegeben, aber die Rouladen total „vergewaltigt".

Mit weit aufgerissenen Augen sah sie die Köche und ihren Mann an. Das war wie ein kalter Guss! Sie hatte Lob erwartet und bekam vernichtende Kritik. Am liebsten hätte sie losgeheult. Was war nur schiefgelaufen? Der ältere der beiden Köche nahm sie sanft beiseite, umarmte und drückte sie anschließend in einen der Sessel. Irgendwie tat sie ihm leid. Vorsichtig fragte er, wie sie denn bei der Zubereitung vorgegangen war. Haarklein beschrieb sie ihm jeden Arbeitsschritt und bekam nickende Zustimmung. Als sie aber auf das Thema würzen zu sprechen kam, verdunkelte sich sein Blick und die Stirn legte sich in tiefe

Falten. Sie ahnte sofort, dass der Fehler in diesem Bereich lag. Doch worin dieser genau bestand, hatte sie noch nicht erkannt. Deshalb half er ihr, indem er sie in dem er sie nach der *Menge* der jeweils verwendeten Gewürze befragte. Als sie auf den Knoblauch zu sprechen kam, schlug er die Hände über dem Kopf zusammen. Sie habe *eindeutig zu viel* von diesem verwendet. Damit waren sowohl der Fleischgeschmack als auch die Soße verdorben, erklärte er ihr. Alles schmeckte nur noch nach dem Knoblauch,.

Tief enttäuscht und mit hängenden Schultern verließ sie die Männer in Richtung ihrer Gemächer. Sie hatte alles richtig machen wollen und es doch falsch angefangen. Sie ahnte, dass dieses Gespräch noch nicht das Ende der verpatzten Geschichte bedeutete. Und ihr Gefühl sollte sie nicht täuschen. Die Köche verabschiedeten sich und Hermes brachte sie im schlafenden Zustand mit dem Götterwagen zurück zur Erde. Jetzt war sie wieder mit ihrem Mann allein im

 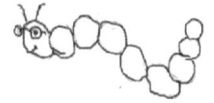

Haus. Wie zu erwarten, stürmte dieser sofort mit zornigem Gesicht in ihr Zimmer. Bis zur Abreise ihrer Gäste hatte er sich notgedrungen, aber mit hochrotem, zornigen Gesicht, zusammengerissen. Nun aber brüllte er los, dass das ganze Haus wackelte und auf der Erde einige schlafende Vulkane erwachten. Diese stießen vor Schreck Wolken aus Dampf und Asche in den Himmel. Er hingegen bewarf srine Frau mit den verdorbenen Rouladen. Klößen und auch noch dem Rotkraut. Die dabei verwendeten Worte werde ich an dieser Stelle besser nicht wiedergeben. Die Ohren würden davon nicht nur dunkelrot glühen, sondern möglicherweise sogar abfallen.

Nachdem er einen großen Teil seiner Wut unter Mithilfe der unschuldigen Speisen an seiner Gattin und allem erreichbaren Anderem abreagiert hatte, verließ er das Zimmer. Beim Hinausgehen knurrte er noch etwas von Zimmerarrest für sie der bis zu dem Zeitpunkt, wo er sich eine angemessene Strafe für sie überlegt habe.

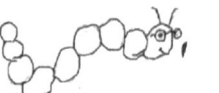

Weinend ließ sie sich in ihren Lieblingssessel fallen. Sie fühlte sich wie ein Schulkind, welches mit einer schlechten Zensur nach Hause gekommen war. In ihr nagte ein ganz ungutes Gefühl. Doch das bezog sich mehr auf sie selbst als auf andere. Immer wieder unterliefen ihr solche Fehler. Besonders dann, wenn sie etwas besonders gut machen wollte. Ihrem Gatten konnte sie das aber so nicht sagen, der würde es nicht verstehen. Für ihn musste immer alles exakt nach Plan laufen. Abweichungen wurden nicht toleriert. Da solche Abweichungen bei ihr aber häufiger vorkamen als es ihr selber lieb war, trat sein cholerisches Temperament an die Stelle des nüchternen Verstandes. Für die Menschen unten auf der Erde äußerte sich das in den vielfältigsten Wettererscheinungen. Das reichte von einfachen Gewittern mit Blitz und Donner bis hin zu Stürmen, Starkregen und sogar Erdbeben. Doch im Laufe der Jahrhunderte hatten sowohl seine Frau als auch er gelernt sich etwas

69

zu zügeln und damit friedlicher zu leben. Und die Köche? Als sie in ihren Betten erwachten, hatten beide noch immer den Geschmack von reichlich Knoblauch und einer Spur Roulade auf der Zunge. Zuerst konnten sie sich das nicht erklären, bis ihnen ihr seltsamer Traum wieder einfiel. Glücklicherweise ahnten sie aber nicht, dass dieser „Rouladen-Traum" auf einem tatsächlichen Ereignis beruhte.

Die Sache mit den „vergewaltigten Rouladen" wurmte die Göttin aber noch immer gewaltig. Auch wenn sie wusste, dass sich ihre irdischen Gäste an das schiefgegangene Gastmahl nur als schlechten Traum erinnern würden. Den Zeiger der großen Weltzeituhr zurückzudrehen traute sie sich aber dann doch nicht. Wer weiß was das für Folgen gehabt hätte! Auch ihrem Göttergatten ging das Desaster mit den Rouladen nicht aus dem Kopf. Aber anders als bei seiner Frau. Für ihn stand fest, dass er garantiert , dass er garantiert der bessere Koch gewesen wäre. Und

das wollte er auch beweisen. Jawohl! Er schlug zur Bekräftigung seines Entschlusses mit der Faust auf den Tisch.Dieser zersprang in tausend Stücke. Anschließend fiel ein seltsamer Regen aus Holzstücken auf die Erde. Zum Glück ging dieser Holzregen in einem wenig bewohnten Gebiet nieder und es kam kein Mensch zu Schaden. Doch seine Entscheidung stand fest. Ohne sich von irgendwelchen Zweifeln beeindrucken zu lassen zog er los und kaufte nun seinerseits zwei riesige Scheiben Rouladenfleisch. Wieder zu Hause angekommen begab er sich damit in die Küche. Er wickelte das eingepackte Fleisch aus, nahm die Aufzeichnungen zur Herstellung von Rouladen zur Hand und begann. Er verwendete exakt dieselben Gewürze wie zuvor seine Frau. Bestrich ebenfalls das Fleisch mit Senf und legte Speck, Gürkchen und Zwiebeln darauf. Und würzte, wie in der Anweisung stand, mit Salz, Pfeffer und – Knoblauch. Es kam, wie es kommen musste. Auch ihm stieg der würzige Geruch

 71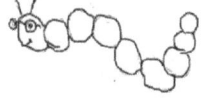

des Knoblauchs in die Nase. Was ihn dazu verleitete, diesen ebenfalls reichlich zu verwenden. Sowohl Fleisch als auch Soße erhielten eine kräftige Portion davon. Sicherheitshalber, wie er meinte, verwendete er fast eine ganze Knolle. Das Braten im großen Ofen war kein Problem. Nach einiger Zeit testete er mit einem Holzstäbchen ob die Rouladen auch schön zart geworden waren. Mit stolzgeschwellter Brust wollte er nun *seine* Rouladen auftischen. Auch an die zugehörigen Beilagen hatte er gedacht. Schließlich lagen die vorherigen in der ganzen Gegend verteilt herum. Einsammeln war nicht möglich. Sie waren verdorben. Deshalb musste er auch diese frisch zubereiten. Als er mit allem fertig war, holte er seine Gattin aus ihrem Zimmer und präsentierte stolz *seine* Kochkunst Natürlich erhoffte er sich dafür ein dickes Lob von seiner Frau. Sie hatte sich zwischenzeitlich etwas beruhigt und nahm diese Form der Entschuldigung gern an. Immerhin war sie zuvor hungrig vom Tisch

 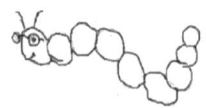

gegangen. Doch mit dem Lob wollte sie lieber warten, bis sie wusste, ob er wirklich ein besseres Essen zu Stande gebracht hatte als sie. Also schnitt sie sich ein großes Stück von der Roulade ab und tat Rotkraut, Kloß und Soße dazu Herzhaft biss sie in das Fleisch. Aber was war das? Der Bissen blieb ihr im Mund stecken. Es brannte auf der Zunge. Prustend spuckte sie den Bissen wieder aus. Schnell spülte sie den Mund mir einem kräftigen Schluck Rotwein aus. Ihr Gatte war entsetzt! War das die Rache für sein Verhalten zuvor? Seine Stirn begann sich bereits wieder in erste Zornesfalten zu kräuseln.

Doch nicht Rache war der Grund für ihr Verhalten, wie sie ihm mit hochrotem Gesicht kurz darauf erklärte Seine Roulade war noch heftiger verwürzt, oder „vergewaltigt" wie es einer der beiden Köche genannt hatte. Grund auch dieses Mal: Der Knoblauch! Keiner von beiden hatte auch nur eine Spur der Ahnung wie das passiert sein konnte.

 73

So kam es, dass sie meinten, diese Knolle wäre schuld und wolle ihnen beiden mit ihrem starken Geruch und Geschmack einen Streich spielen. Klar, dass sie sich daraufhin wieder versöhnten.

Immerhin war es ja beiden passiert, dass die Knolle ihnen die Roulade verdorben hatte. Nachdem sie sich gegenseitig verziehen hatten, konnten sie darüber sogar herzhaft lachen. Was wiederum den Olymp zum wackeln brachte. Und die Menschen auf der Erde Donnergrollen, ohne dass ein Tropfen Regen fiel. Letztendlich folgte auch noch ein Versöhnungsmahl. Diesmal wurde aber eine Gans serviert um nicht erneut vom Knoblauch verführt zu werden. Und als Getränk? Da gab es, wie bei Göttern üblich, eine Flasche roten Ambrosia. Und der Knoblauch wurde auf eine Liste mit verbotenen Gewürzen gesetzt. Und damit auf alle Zeit aus dem Olymp verbannt.

Da die Menschen aber nichts von dieser Liste wussten, wird Knoblauch bis zum heutigen Tag von ihnen verwendet.

Woher kommen Meerjungfrauen?

(Variante 2)

Es begann vor vielen vielen Jahren. Zu einer Zeit als die Götter noch eine wichtige Rolle im Leben der Menschen spielten. Die Menschen ihnen ihre Rolle und Namen verliehen, um unbekannte irdische Dinge begreifbarer zu machen. Die Götter waren für Naturerscheinungen, Saat, Ernte, Geburt und Tod verantwortlich. Sie hatten eigene gesellschaftliche Strukturen und Gesetze. Ihr oberstes Gericht war der Götterrat.

Einer diese Götter hieß Poseidon. Er war für den Bereich Wasser und Meere zuständig. Diesen verwaltete er gemeinsam mit seiner Frau. Leider gab es auch bei den Göttern Geburt und Tod. So erging es auch Poseidon. Seine Frau verstarb bei der Geburt ihres ersten Kindes. Darüber war Poseidon sehr traurig, hatte er sich doch viele Kinder gewünscht. Mit ihnen hatte er die Meere bevölkern wollen, so wie die

Menschen das Land besiedelt hatten. Ein Kind allein großzuziehen war auch im Götterreich nicht leicht. Deshalb versuchte er unter den Göttinnen eine neue Frau zu finden. Doch alle hatten schon einen Partner oder waren an einer Verbindung mit ihm nicht interessiert. Er wollte fast verzweifeln. Da gab ihm einer seiner Freunde den Tipp, es wie andere Götter zu machen und sich eine menschliche Frau zu wählen. Das wurde zwar nicht gern gesehen, aber vom Rat toleriert.

So begab sich Poseidon also auf die Suche. Er wählte verschiedene Verkleidungen, um von den Menschen nicht als Gott erkannt zu werden. Seinen Neigungen entsprechend wählte er überwiegend Frauen, die in Meeresnähe oder an Flussufern lebten. Zu seiner Freude fand er sehr viele, die seinen Vorstellungen entsprachen. Leider konnte er keine davon mit zu sich in sein Wasserreich nehmen. Dazu hätten sie in Wasserwesen verwandelt werden müssen. Und das gestattete der Rat nicht. Und noch etwas

trübte seine Freude. Er hatte zwar viele Kinder gewollt, aber diese entsprangen den Verbindungen mit Menschen. Sie waren deshalb durch ihre Herkunft Halbgötter. Das aber war etwas, was dem Götterrat missfiel. Vergnügungen mit Menschen ja, Kinder nein. Dadurch, dass ein Elternteil ein Gott war, hatten sie natürlich auch göttliche Fähigkeiten. Das durfte nach der Meinung des Rates nicht sein. Dieser fasste deshalb den Beschluss, dass diese Kinder nicht existieren durften. Nach Ansicht des Rates geriet nämlich durch diese Kinder die Götterwelt in Unordnung. Poseidon aber liebte seine Kinder, auch wenn sie „nur" Halbgötter waren. Deshalb suchte er nach einer Möglichkeit, sie vor dem Tod zu bewahren. Aus diesem Grund schuf er mitten in seinem Meer eine geheime Insel, die er sowohl vor den Augen der Menschen als auch der Götter verbarg. Dort hin brachte er die Kleinen, damit sie zusammen mit seinem erstgeborenen Kind aufwachsen sollten. So waren sie zwar fürs Erste gerettet,

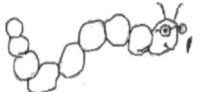 77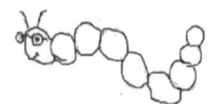

aber das gesamte Problem war damit noch nicht gelöst. Sie mussten mit Nahrung versorgt werden und viel lernen. Er konnte ja leider nicht alles selbst machen, da er sich um so viele Angelegenheiten kümmern musste. Und sein Tun durfte auch nicht auffallen. Deshalb wählte er für diese Aufgabe zwei besonders vertrauenswürdige Seekühe aus. Sie mussten verschwiegen und ihm treu ergeben sein. Der Götterrat durfte ja nichts von der Insel und den Kindern erfahren. Die beiden Seekühe gaben den Kleinen zuerst ihre Milch. Später, als sie etwas größer waren Seetang, Fisch und manchmal auch Götterspeisen. Die Kinder wuchsen prächtig. So oft er konnte, besuchte er seine Kinder. Er brachte Seesterne oder Gegenstände von gesunkenen Schiffen als Geschenke mit. So hatten sie immer reichlich Möglichkeiten zum Spielen und sich auszuprobieren. Sie mussten ja so vieles lernen. Gleichzeitig nutzte Poseidon die Zeit, um ihnen das Schwimmen beizubringen.

Das würden sie auf alle Fälle brauchen. Es war ja davon auszugehen, dass sie nicht ewig auf der Insel bleiben konnten. Wenn er auch noch nicht wusste, wie die Zukunft aussehen würde. Das Schwimmen bereitete allen viel Freude.

Manchmal brachte Poseidon auch noch neue Kinder mit auf die Insel. Doch mit der Zeit waren es immer weniger. Der Platz auf der Insel war ja begrenzt. Auch hatte er weniger Zeit und Gelegenheiten sich mit Menschenfrauen zu vergnügen. Die neu eingetroffenen Kinder wurden von den älteren mit allem vertraut gemacht, was für ihr Überleben wichtig war. Besonders viel Spaß machten allen die Singstunden mit den Seekühen. Weil die Stimmbänder von Seekühen und Mrnschen unterschiedlich geformt waren, sangen die Kühe die tieferen Töne und die Kinder die etwas höheren. Es klang nicht immer schön, aber sie hatten gemeinsam Freude daran. Mit der Zeit lernten sie, dass es nicht nur Gesang, sondern gleichzeitig die Sprache der

 79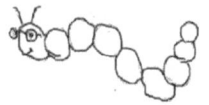

Seekühe war. Und so lernten sie eben nur diese Sprache. Eine andere hatten sie ja nie kennengelernt. Auch Poseidon benutzte sie, wenn er sie besuchte. Die menschliche Sprache war ihnen deshalb völlig fremd.

Im Laufe der Zeit traten bei den Kindern Veränderungen ein. Ihre Haut nahm allmählich eine grüne Farbe an. Mag sein, dass es durch die Ernährung mit Seetang, Fisch und Seekuhmilch passierte. Oder lag es an dem genetischen Erbe durch ihren Vater Poseidon? Wie auch immer. Sie vertrugen immer weniger von den wärmenden Sonnenstrahlen, da diese ihre Haut austrockneten. Immer häufiger hielten sie sich dafür jetzt im Wasser der Lagune vor ihrer Insel auf. Das tat ihnen gut. Aus der grünen Haut wurden allmählich Schuppen. Und noch etwas Seltsames passierte mit ihnen. Sobald sie im Wasser waren, verwandelten sich ihre Beine in eine große Flosse. Anfangs waren sie darüber sehr erschrocken. Doch Poseidon erklärte ihnen, dass es so

besser für die Fortbewegung im Meer sei.
Außerdem zeigten sich Kiemen. Sie konnten nun
nicht nur besser schwimmen, sondern auch tiefer
tauchen. Jetzt war es möglich, dass Poseidon ihnen
viele schöne Dinge unter Wasser zeigen konnte.
Einen Teil davon hatten sie ja bereits zuvor bei
seinen Besuchen auf der Insel kennengelernt. Und
sie lernten viele andere Lebewesen des Meeres
kennen. Diese wurden ihre neuen Spielgefährten.
Je älter sie wurden, umso besser schwammen sie.
Bald reichte ihnen der Bereich der geschützten
Insel nicht mehr. Immer weiter schwammen sie
hinaus ins Meer. Irgendwann begegneten sie dabei
auch Schiffen. Darauf fuhren Menschen über das
Meer. Erstaunt betrachteten sie jene. Sie schienen
ihnen sehr ähnlich zu sein. Deshalb versuchten sie,
sie zu sich ins Meer zu locken. Ihr sirenenartiger
Gesang war ihre Seekuhsprache. Doch die
Menschen verstanden sie nicht. Was für viele den
Tod bedeutete. Die Kinder wunderten sich auch,
weshalb sich bei den

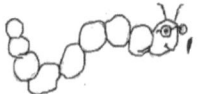 81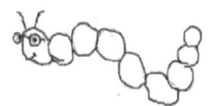

Menschen im Meer nicht auch die Beine zu einem Fischschwanz verwandelten. So wie umgekehrt die Menschen auf den Schiffen Angst vor diesen Meerwesen bekamen, die sie in die Tiefe zu ziehen versuchten. Es entstanden schreckliche Geschichten über die jeweils anderen.

Nun wurde auch der Götterrat auf die Ereignisse im Meer aufmerksam, die sie zuvor ignoriert oder einfach übersehen hatten. Sie erkannten Poseidon als den Urheber. Er wurde streng gerügt und erhielt ein hundertjähriges Rückkehrverbot auf den Olymp. Doch die nun im Meer lebenden Mädchen und Jungen mussten sie zähneknirschend als eine neue Rasse akzeptieren. Diese Rasse nannten sie Meerwesen. Immerhin gab es sowohl weibliche als auch männliche, also Meerjungfrauen und Meermänner. Die Menschen aber konnten sie nicht unterscheiden. Deshalb nannten sie alle Meerjungfrauen.

 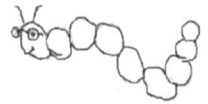

Wahre Märchen?

Gehen wir mal davon aus, dass sich in Märchen Wahrheit und Fiction vermischen. Wie groß darf dabei der Anteil der Wahrheit sein? Nehmen wir zum Beispiel die Gulliver - Geschichten. Darin trifft jener Gulliver in einer Geschichte auf Riesen. Was wenn es dieses Volk der Riesen wirklich gegeben hat? Es gibt außer der Erzählung des Autors eine weitere Textquelle für diese Theorie. Ich habe gehört, dass es ein Buch „Henoch" gibt. Danach entstanden Riesen aus einer Vereinigung von Göttern mit Menschenfrauen. In diesem Buch „Henoch", welches zu einer ganz frühen Ausgabe der Bibel gehört, werden diese Nachkommen der Mischung von Menschen und Göttern Nephilim, oder auch Halbgötter genannt. Sie sollen sogar teilweise göttliche Eigenschaften besessen haben.

Führt man nun beide Theorien zusammen, so haben wir eine Geschichte die zwar uralt, abernicht unmöglich ist. Zumal diese Riesen sich in der Gulliver - Geschichte sehr menschlich benehmen. Spinnen wir diesen Faden einmal weiter. Im Märchen leben die Riesen gemeinsam als Volk, abgelegen von jeglichen Menschen. Das könnte gleichbedeutend mit einer absichtlichen Isolation sein. Damit stellt sich eine weitere Frage: Wer waren diese „Götter"? Warum versteckten sie ganz offensichtlich ihre Mischlingsnachkommen? Schämten sie sich wegen der Übertretung eines Verbots?

Was auch immer! Das Volk der Riesen war ja nicht unfruchtbar. Sie bekamen eigene Kinder. Das Volk wuchs. Irgendwann reichte ihr bisheriger Lebensraum nicht mehr aus. Sie waren gezwungen, auszuwandern. Auch wenn das auf Grund ihrer Langlebigkeit eine ganze Weile dauerte. Eines

Tages geschah es, das sie Kontakt mit den Menschen bekamen. Diese erschraken ob der Größe die teilweise mehr als das Doppelte ihrer eigenen Größe betrug. Aber an diesem Punkt kam den Riesen ihre Herkunft zugute. Sie besaßen nämlich die Fähigkeit ihre Größe zu verändern. Bisher hatten sie das nur gelegentlich aus Spaß gemacht. Jetzt aber wurde es zu einer Überlebensnotwendigkeit. Dummerweise beobachteten sie einzelne Menschen dabei wie sie ihre Größe an die der Menschen anpassten. Was natürlich zu noch mehr Konflikten führte. Die Menschen bekämpften und verjagten die doch eigentlich unschuldigen Riesen.

Nach einer langen Zeit gab es tatsächlich nur noch vereinzelte Riesen, die sich noch dazu von den Menschen fernhielten. Manchmal jedoch hatten sie Sehnsucht nach anderen. Dann gingen sie in ihrer verkleinerten menschlichen Gestalt in die Dörfer. Und je nachdem, ob sie freundlich empfangen oder

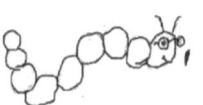 85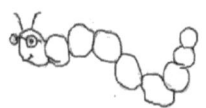

beschimpft wurden, halfen sie den Menschen oder spielten ihnen Streiche.

So entstanden im Laufe eines langen Zeitraums Sagen und Legenden über Riesen. Ein Beispiel dafür ist die Sage vom Rübezahl, welcher im Riesengebirge gelebt haben sollte.

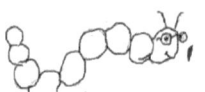 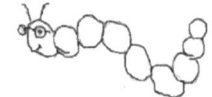

Zwergenrache

Einst lebten Dämon und ein Zwerg,
bevor sie sich zerstritten,
im selben Berg – verschiedene Seiten
Doch Dämon wütete auf Zwergis Seite,
was beide rasch entzweite.

Jahre später kehrt Dämon zurück zu seinem
Zwergilein.
Er gibt sich reumütig, zart und fein:
Lass mich in deine Höhle rein!
Doch Zwergi traut dem Frieden nicht,
jagt ihn hinaus ins Sonnenlicht.

Der Dämon jammert, schimpft und schreit:
Zur nächsten Höhle ist`s zu weit!
Die Sonne Dämons Pelz verbrennt.
Das ist`s was Zwergi RACHE nennt.

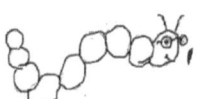 87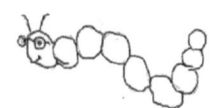

Das Zwergi gänzlich ungerührt
dabei `nen Schokokeks verschnabuliert.
Es denkt: So ist nun mal die Welt,
auch wenn es manchem nicht gefällt.
Die Zwerge kriegen Schokoladen,
Dämonen werden Sonntagsbraten.

 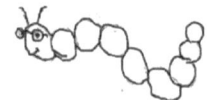

Äpfel rollen durch die Zeit***

Neulich habe ich mir in der Kaufhalle wieder mal Äpfel gekauft. Ja, ich sage immer noch Kaufhalle und nicht Supermarkt.. Ist aber völlig egal. Ich kaufte mir also ein paar von meinen Lieblingsäpfeln. Die ganz grasgrünen, die so schön säuerlich schmecken und bei denen man beim Reinbeißen zutscheln muß, um ja nichts von dem köstlichen Saft zu verkleckern. Zu Hause angekommen habe ich gleich einen von ihnen verspeist, komplett. Nur ein kleines Zipfelchen von der Blüte und der Stil blieben übrig. Die restlichen legte ich in eine Schale, stellte sie vor mich auf den Tisch und sah sie einfach nur an. Dabei ließ ich meine Gedanken schweifen. Wo kommst du wohl her, leckeres Früchtchen? Und dann kam mir plötzlich eine Geschichte in den Sinn, die alte Geschichte von Adam, Eva und dem Paradies. Und noch einige andere, die auch mit Äpfeln zu tun haben.

Mal sehen, was ich davon noch zusammenbekomme.

Alles begann vor unendlich langer Zeit im Paradies. Dort gab es laut Bibel den ersten Apfelbaum. Und wie auch in späteren Zeiten, war der Wurm drin. Oder in diesem Fall die Schlange dran. Laut Überlieferung soll sie erst Eva zum Pflücken der einzigen Frucht vom Baum der Erkenntnis überredet haben. Und die hat dann Adam damit verführt . Tja, das Ganze endete damit, dass der Besitzer von Paradies und Baum den beiden kündigte und sie rauswarf. Spinnen wir diese Geschichte einfach mal gedanklich weiter. Eva war pfiffig. Sie steckte ein paar Apfelkerne ein. Den Rest hatten sie ja aufgegessen. Doch sie hatte erkannt, Vitamine sind immer von Vorteil. Auch wenn sie nicht wusste, dass die so heißen. Sie fand Äpfel einfach lecker. Und mit Hilfe der Kerne wollte sie neue Apfelbäume großziehen. Doch das Wachstum von Bäumen dauert bekanntlich lange und so verging viel Zeit.

Adam und Eva wurden Eltern, Großeltern und irgendwann war ihre Zeit vorbei. Ihre Kinder und Kindeskinder hüteten die Bäume, aßen später die Früchte und trugen weitere Kerne in die Welt. Und wie sie nun überall hinzogen, kamen sie unter anderem auch nach Griechenland. Dort waren Äpfel bis dato unbekannt. Deshalb hatten sie leichtes Spiel damit zu prahlen, dass sie diese Kerne direkt von den Göttern erhalten hätten. Oh ja, die Griechen hatten zu jener Zeit eine Vielzahl von Göttern. Die ließen sich in einer Art von Stammbaum sogar bis zu Gaia, so hieß die Urmutter bei den Griechen, zurückverfolgen. Daraus hatten sich mit der Zeit mehrere Geschlechter aufgebaut, die sich zum Teil bekriegten, zum Teil sogar gegenseitig auffraßen. Dadurch hatten es die Nachfahren von Eva leicht davon welche auszuwählen, denen sie die Sache mit den Äpfeln unterschieben konnten. Und damit es nicht so auffiel, gaben sie den Früchten verschiedene Namen –

 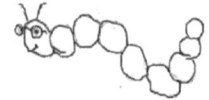

Paradiesapfel, Apfel, Granatapfel, um nur einige zu nennen. Auch die Form der Äpfel galt als göttlich, da diese als perfekt rund empfunden wurden. Und die, die sie den Göttern unterschoben, mussten natürlich von strahlendem Gold sein. Obwohl – waren die wirklich aus Gold und dann auch noch essbar? Gut das es Wikipedia gibt. Da kann ich gleich mal nachschlagen! Interessante Storrys über die Götterwelt stehen da drin!

 Bis heute erhalten hat sich davon zum Beispiel die Geschichte von Eris und ihrer List die Äpfel als Geheimwaffe einzusetzen, lese ich dort. Sie stachelte nämlich den jungen Halbgott Paris an, einen goldenen Apfel an die Schönste auf einem Fest zu verschenken. Klar dass es im Ergebnis dessen zu einem Gezanke kam, was der später wiederum zum Trojanischen Krieg führte. Tja, deshalb nennt man das vermutlich noch heute den „Zankapfel". Was lernen wir daraus? Nicht die Schönheit sollte mit Äpfeln belohnt werden, sondern die eigene

Gesundheit . Er hätte also den Apfel besser selbst verzehren sollen.

Doch zurück zu Adam und Eva. Dank der vielen Nachkommen, und ihrer geschickten Verflechtungen des Apfels mit den Göttergeschichten, erhielt dieses Obst einen sehr hohen Stellenwert. Es sei hier auch kurz an die Geschichte mit den Hesperiden erinnert, die ihren Apfelbaum sogar von einem hundertköpfigen Drachen bewachen ließen. Von dort musste ihn Herakles als eine seiner Prüfungsaufgaben mopsten.

Klar gab es auch weniger gefährliche Verwendungen, bei Hochzeiten zum Beispiel oder bei der Befreiung aus der Unterwelt. Meist ging es dabei um den Granatapfel.

Auch den Kelten machten Evas Nachkommen die göttliche Frucht schmackhaft. Hier in Verbindung mit dem sagenhaften Avalon, dem Gefilde der Seligen Dort sollten der Sage nach herrliche Apfelbäume wachsen, deren

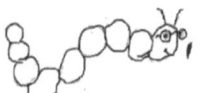 93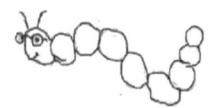

Geschmack ein göttliches Vergnügen war. So war der Apfel also im übertragenen Sinn bis über die Alpen gerollt. Auch in germanischen Sagen und Erzählungen finden wir ihn wieder. Hier war die germanische Göttin Iduna für die goldenen Früchte zuständig. Sie gehörte zum germanischen Göttergeschlecht der Asen. Auch in diesem Zusammenhang ging es um Unsterblichkeit. Und es lassen sich noch weitere Apfel – Gott – Kombinationen finden.

Wenn man den ganzen Göttergeschichten Glauben schenkt, schält sich folgende Erkenntnis heraus: „Iss Äpfel und du wirst unsterblich!" Könnte glatt auch ein Werbeslogan der heutigen Obstbauern sein. Äpfel haben nun mal viele Vitamine und sind gesund. So weit also zu meinen neu gewonnenen Erkenntnissen.

Halt, da fällt mir noch ein anderer Bereich ein, in dem Äpfel eine Rolle spielen – in Werken großer Dichter! Zuallererst die Erzählung mit dem Wilhelm Tell aus der

Schweiz, der einen Apfel vom Kopf seines Sohnes schießen musste. Den Tell-Apfel gibt es ja noch heute. Jetzt ist er aber aus Schokolade und hat nichts mehr mit dem Ursprungsobjekt gemein, außer dem Namen.

Auch der alte Goethe soll ja in seinen Dichtungen dem Apfel ein literarisches Denkmal gesetzt haben. Wie sicher auch noch viele andere Künstler, Maler und Poeten.

Ich blicke auf und sehe wieder meine Schale mit den Äpfeln vor mir stehen, greif mir noch einen und spreche mit ihm. – Mannohmann, hätte nicht gedacht, was ihr für altehrwürdige Früchte seid. - 5 x 21,5

 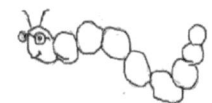

Quellenverzeichnis

Alle mit * gekennzeichneten Texte stammen aus meiner eigenen Feder, wurden aber bereuts in anderen Büchern veröffentlicht.

*   Erstveröffentlichun in „Die Viecher sind los!" – Geschichtenzauber Edition von Sina Blackwood – Oktober 2016

**   Erstveröffentlichung in „GRÜN mal anders" in Geschichtenzauber Edition von Sina Blackwood - Februar 2024

***   Erstveröffentlichung in „Ein geniales Früchtchen" in Geschichtenzauber Edition von Sina Blackwood – September 2021

<u>Bisher veröffentlichte Bücher:</u>

für Kinder:

2011   Was Opa so alles weiß

2017   3x „Lustige Tierwelt"
-zweisprachig
        (deutsch/sorbisch,
deutsch/polnisch,
        deutsch/tschechisch)
2019   Das Geheimnis der Drachen -
Band 1

2020   Bimbos Zaubernächte
2020   Das Geheimnis des Drachen –
Band 2 -
2020   Das Geheimns des Dtachen
Band 3

2021   Die abenteuerliche Wanderung
        des Hamsters Fridoline

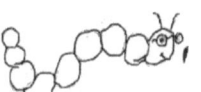 97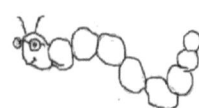

für Erwachsene:

2008   Daumen drauf
2011   Virus Africanis
2013   Affenknacker für
iederholungstäter
2014   Ein Affe am Frühstückstisch
2015   Der Geschichtenbrunnen
2016   Bunter Geschichteneintopf
2019   Pinguine in Afrika

und gemeinsam mit anderen Autoren

erschienen:

2015   „Winter Weihnacht Wunderbares"
2016   „Geheimakte Rumpelstilzchen"
2016   „Die Viecher sind schuld !"
2017   „Wo Dämonen schön wohnen"
2017   „Wenn Winterwunder wahr werden"
2018   „Es fliegt die Zeit mitsamt der Uhr"
2018   „Draculas bissige Verwandtschaft"
2020   „Generationen"
2021   „Ein geniales Früchtchen"
 2022   „azur -das Blau unendlicher Wete" .
2023   „Rot – höllisch gut"
 2024   „GRÜN -mal anders"

weitere Informationen findet ihr auf :

www.hoywoy-buechermix.de

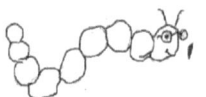
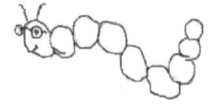

Impressum

Bibliografische Informationen der Deutschen Nationalbibliothek:

Die Deutsche Nationalbibliothek verzeichnet diese Publikation in der Deutschen Nationalbibliografie; detaillierte bibliografische Daten sind im Internet über **http://dnb.d-nb.de** abrufbar

Texte:	Iris Fritzsche
Buchcover	abrac Büro & Grafik-ServiceBrandt
Illustrationen:	Pixabay
Verlag:	BoD · Books on Demand GmbH, Überseering 33, 22297 Hamburg, bod@bod.de
Druck:	Libri Plureos GmbH, Friedensallee 273, 22763 Hamburg
ISBN:	978-3-7693-2568-3

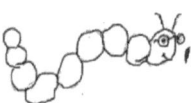 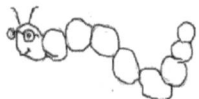

En de

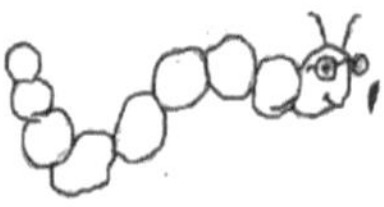

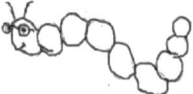